ABAILARD

A HÉLOÏSE,

TROISIEME ÉDITION,

revue & augmentée :

SUIVIE d'une Piéce sur la Mort
de MADAME ***

Ils brulent près des Morts sans échauffer leur cendre.

A AMSTERDAM.

M. DCC. LXI.

AVERTISSEMENT.

ON trouvera peut-être dans cette Piéce des idées un peu hardies : mais il faut les pardonner à l'amour desespéré d'ABAI-LARD. Il vient de recevoir de sa Maîtresse une Lettre passionnée qui lui rappelle son état, ses malheurs. Ses feux se rallument alors avec d'autant plus de force, qu'il se sent incapable de les satisfaire. Il s'échappe, il est vrai : mais tout ce qu'il dit part d'une ame enflammée, & non d'un cœur corrom-pu. Ce sont des transports dont il n'est pas le maître, & que tous les hommes, dans sa situation, éprouveroient sans doute. C'est d'après cela que j'ai hazardé quelques traits ; je les démens d'avance, s'ils peuvent pa-roître dangéreux, & je prie mes Lecteurs de ne point juger avec une froide malignité le langage brûlant de la passion, qui ne con-noît point de frein, & dont les écarts sont presque toujours excusables.

J'ai été obligé de retrancher les Vers de M. Colardeau, que j'avois insérés dans cet

AVERTISSEMENT.

Ouvrage : quelque beaux qu'ils foient, ils paroîtroient mal liés au refte de l'Epître. J'efpere qu'on ne me faura pas mauvais gré d'un facrifice que je n'ai fait qu'avec peine.

L'efpèce d'Elégie qui fuit cette Réponfe eft un hommage à la mémoire d'une femme charmante, qu'une mort prématurée vient d'enlever aux Arts qu'elle aimoit, aux malheureux que prévenoit fa bienfaisance, à la fociété dont elle faifoit les délices & l'ornement.

ABAILARD

A

HÉLOÏSE.

Il faut supposer qu'Abailard dans sa retraite
est environné de Livres sacrés, à l'instant
qu'il veut répondre à Héloïse.

D'Une triste morale interpretes austères,
Loin de moi, Livres saints, vos dogmes,
       vos mystères.
Ces sombres vérités, qu'on adore en tremblant,
Ne peuvent rassurer mon esprit chancelant :
Que m'offrez-vous ? Des biens, que la crainte
      empoisonne ;
Vous montrez le bonheur, Héloïse le donne.
Laissez-moi parcourir ce gage de sa foi,
Cette Lettre, où son cœur s'élance encor vers moi.
J'y puise à tout moment une erreur qui m'enchante :
J'y respire les feux, dont brûle mon Amante....

A iij

Mais quelle est ma surprise ! & que dois-je penl
Entre le Ciel & moi pourrois-tu balancer ?
Le Ciel triomphe-t-il de mon ardeur jalouse ?
Voudroit-il me ravir le cœur de mon épouse ?
HÉLOÏSE, peux-tu rougir de tes transports !
Ta passion n'a point consumé tes remords !
Tes remords ! qu'ai-je dit ? Est-ce à toi d'en con-
   noître ?
A la voix de l'Amour ils doivent disparoître.
Qu'ils ne flétrissent point tes innocens attraits :
Mets-tu donc ta foiblesse au nombre des forfaits ?
Chere Amante , crois-moi , ton Dieu , ce Dieu
   terrible ,
Ne veut point regner seul sur une ame sensible.
Pourroit-il s'offenser d'un impuissant desir,
Lui, dont le souffle pur enfanta le plaisir ?
Ne consulte que toi : ta flamme est légitime.
Il n'est point de vertus, si l'amour est un crime.
Sur l'Univers entier jette un moment les yeux :
Animé par l'amour, l'Univers est heureux.
Ce doux frémissement, ce trouble, cette yvresse,
Qu'on éprouve , en pressant le sein de sa Maîtresse,
Est un tribut tacite, un hommage enchanteur,
Que l'homme anéanti rend à son Créateur . . . .
A de vains préjugés cesse d'être soumise :
Qu'ABAILARD soit ton Dieu, le mien est HÉLOÏSE.

  Oui , fidelle moitié d'un malheureux Amant ,
Je t'aime , & mon amour s'accroît par mon tour-
   ment.

Ce calme prétendu, dont je t'offre l'image,
N'eſt dans mon cœur brûlant qu'un éternel orage.
Peins-toi le déſeſpoir de ce cœur furieux.
Mes deſirs font encore étinceler mes yeux.
Le fer, qui m'a laiſſé cette triſte reſſource,
De la nature en moi n'a pu tarir la ſource.
Plein de tes traits, de toi, de tes feux immortels,
Je retrouve HÉLOÏSE aux pieds de nos Autels.
En vain ton Dieu, le mien, que je ne puis com-
    prendre,
A la voix d'un Miniſtre eſt forcé d'y deſcendre;
Je n'adreſſe qu'à toi mes vœux & mon encens,
Je n'adreſſe qu'à toi mes douloureux accens.
Je ne vois que toi ſeule : oui, ma main téméraire
Te place à ſes côtés au fond du ſanctuaire;
Et, quand de toutes parts regne un muet effroi,
Je t'adore en ſecret, proſterné devant toi . . . .

O d'une ame captive impérieux murmure !
Dieu lui-même ſe tait, où parle la nature.
Arbitre ſouverain de mon funeſte ſort,
A l'excès du malheur pardonne ce tranſport.
Les morts dans le tombeau t'offrent-ils leur hom-
    mage ?
Rien ne vit plus en moi que ma honte & ma rage.
Sans ceſſe déchiré par de cruels combats,
L'exiſtence pour moi n'eſt plus qu'un long trépas...
Frappe, acheve, ou ſignale aujourd'hui ta puiſſance :
Venge-toi, mais en Dieu, d'un mortel qui t'offenſe.

A iiij

Toi, dont la voix forma tous ces êtres divers;
Et du sein du cahos appella l'Univers;
Accorde à mes soupirs la grace que j'implore:
Qui m'a déja créé, peut bien le faire encore.
Brise ces fers honteux, dont mes sens sont liés:
Rends-moi mes droits, la vie, & je tombe à tes
　　　　　pieds......
HÉLOÏSE, ah! plutôt, dans mon ardeur nouvelle,
J'irois tomber aux tiens, & te serois fidéle.
Que la mort à jamais puisse me consumer,
Si, pour revivre, il faut renoncer à t'aimer!

Ainsi toujours en proie à ce trouble funeste,
Je vois s'évanouir des jours que je déteste.
Séparé des humains, dans ces sombres réduits,
Je dévore en secret mes pleurs & mes ennuis.
Tels des feux resserrés au centre de la terre,
Dans ces abysmes sourds font gronder leur tonnerre;
Se détruisent enfin par leurs propres ardeurs,
Et s'exhalent dans l'air en stériles vapeurs.

Tout ce qui s'offre à moi me confond, m'impor-
　　　　　tune,
Semble me reprocher ma cruelle infortune.
Je n'ai que la douceur de regner dans ces lieux *,
Où je sers de Ministre à la rigueur des Cieux.
J'appesantis le joug de mes jeunes victimes:
Mon triste désespoir les punit de mes crimes.

---

* Les Moines de l'Abbaye de Ruis l'élurent pour Supérieur.

A de sévères Loix j'aime à les asservir :
Vengé par leurs tourmens, je vois avec plaisir
Sur leurs fronts abattus, dans leurs regards avides,
La pâle austérité graver ses traits livides,
Et de ces malheureux sans cesse environné,
Je me trouve plus calme, & moins infortuné.

HÉLOÏSE, à quel point le désespoir m'égare !
Qui l'eût pensé, qu'un jour je deviendrois bar‑
      bare ? . . . .
J'en atteste l'Amour, si je vivois pour toi,
Mes sermens & mes vœux ne seroient rien pour moi.
Quels sont donc les liens d'un devoir si farouche ?
Ah ! vaut-il un baiser imprimé sur ta bouche.
Quand je vis de mes jours s'éteindre le flambeau,
Ton Dieu fut mon azyle aux portes du tombeau.
Qu'aurois-je fait alors ? Tes yeux pleins de tendresse,
Par des larmes sembloient accuser ma foiblesse.
Il falloit t'éviter : ce nouveau culte, hélas !
Dut fixer un Amant, arraché de tes bras :
Mais qu'il est languissant ! quelle foible puissance,
En captivant mon cœur, y laisse un vuide immense ?

La nature pour moi n'est qu'un désert affreux,
Où, parmi des débris, se traîne un malheureux.
Sur les plus beaux objets ma vue appesantie
Etend le voile épais dont elle est obscurcie.
Le Soleil, que toujours je préviens par mes pleurs,
Ne trace pour moi seul qu'un cercle de douleurs :

Le silence des bois, le cristal des fontaines,
La verdure, les fleurs, & l'émail de nos plaines;
D'un ciel pur & serein le spectacle riant
Ne font que redoubler mon ennui dévorant.
Je cherche les rochers, & les antres funèbres :
J'aime à m'ensevelir dans l'horreur des ténèbres;
Là, plein de mon outrage, indigné de mes fers,
Je voudrois me cacher aux yeux de l'Univers.
Là j'appelle Héloïse, & dans ma sombre yvresse,
Je crois entendre encor ta voix enchanteresse :
Un lamentable écho, sur les ailes des vents
Semble me renvoyer tes longs gémissemens ;
Et sans cesse frappant mon oreille surprise,
Répete en sons plaintifs, Héloïse.... Héloïse!
Jusques dans le repos ton image me suit :
Je soupire le jour, & je brûle la nuit ;
Et quand je crois saisir, embrasser ce que j'aime,
A mes regards confus je disparois moi-même :
Cette nuit même un songe, un songe séducteur,
Avoit rempli mes sens de leur premiere ardeur :
J'expirois sur ton sein, & mon ame enyvrée
Erroit avec transport sur ta bouche adorée.
O douce illusion! ô funeste réveil !
Mon rapide bonheur fuit avec le sommeil :
Jettant les yeux sur moi, j'ai détesté tes charmes;
Ils ont fait mes plaisirs, ils m'arrachent des larmes.
Quel état! Mais pourquoi t'offrir ces noirs tableaux,
Et t'accabler encor du récit de mes maux ?

Retrace-toi plutôt ce moment de ma gloire,
Où l'amour, malgré toi, m'accorda la victoire.
L'astre du jour baissoit : un vent paisible & frais,
Se jouoit à travers les ombres des forêts :
Ma main sous un berceau te conduisit tremblante ;
J'entendis soupirer ta vertu chancelante.
Mes regards enflammés te peignoient le désir ;
J'apperçus dans les tiens le signal du plaisir . . . .
Je volai dans tes bras ; & ta pudeur secrette,
Au lieu de te défendre, assura ta défaite.
Quels transports redoublés ! hélas ! t'en souviens-tü ?
ABAILARD triomphoit dans ton cœur combattu.
Ta voix éteinte en vain me reprochoit mon crime :
J'embrasois de mes feux ma mourante victime.
La foudre auroit grondé, je n'entendois plus rien,
Heureux par mon transport, plus heureux par le tien.

Si j'étois près de toi, peut-être, chere Amante,
Tu pourrois ranimer ma force languïssante :
Dans tes yeux je verrois éclore un nouveau jour ;
La nature obéit aux ordres de l'Amour.
Je te verrois du moins, contente d'un vain songe,
Te prêter aux efforts d'un pénible mensonge . . . .

Hé bien, dût l'Eternel s'élever contre moi,
Je romps tous mes liens, & je vole vers toi.
Toi seule de mon cœur tu peux remplir l'abysme :
Si mon amour te plaît, je le crois légitime.
HÉLOÏSE m'appelle ; HÉLOÏSE m'attend :
Je mourrai dans ses bras, & je mourrai content.

D'une Religion auſſi triſte qu'auſtère ,
Je ſuis las de traîner la chaîne involontaire ;
Conſumé de regrets, ſous le joug abattu ;
Dans le vil eſclavage il n'eſt point de vertu.
Je préfère H É L O Ï S E à mes vœux, au Ciel même ;
Et, fût-ce un crime enfin, c'eſt un crime que j'aime !

Je reverrai ces lieux par mes mains élevés ;
A l'innocence ouverts, par tes ſoins cultivés ;
Ces lieux où la vertu, fière de ſon ſupplice ,
S'impoſe les ennuis , & la peine du vice.
Oui , je puis de tes ſoins ſoulager le fardeau ;
Diriger de tes Sœurs le timide troupeau,
Ecarter les dangers que leur ame redoute ,
Et du triſte devoir leur applanir la route :
Dans ce réduit obſcur , ſéjour du repentir ;
Tu reverras briller les rayons du plaiſir.

Malheureux ! Pour moi ſeul ce mot eſt un outrage.
Puis-je réaliſer une ſi douce image ?
Moi ! j'irois dans des lieux où tes jeunes appas
Livreroient à mon cœur d'inutiles combats ?
La beauté gémiſſante aſſiégeroit ſans ceſſe,
Sans ceſſe irriteroit ma honteuſe foibleſſe ?
Je verrois dans les pleurs s'éteindre tes beaux jours ;
Et ſans jamais jouir , je brûlerois toujours . . . .

Que dis-je ? Tout fuiroit un mortel déplorable ;
Que le déſir dévore, & que ſon être accable ;

Et toi-même , évitant la trace de mes pas ;
Tu maudirois l'Amour , expirant dans mes bras.
Sous un chêne brifé par les coups du tonnerre ,
Voit-on fe repofer la timide Bergere ?
Voit-on dans la prairie , un effaim attaché
Sur le pavot mourant , ou le lis defféché ?

C'en eft fait ; étouffons un efpoir inutile :
Pour les infortunés la tombe eft un azyle.
Va , ceffe de chérir un phantôme d'Amant ,
Que l'amour feul anime , & difpute au néant.
A conferver ton cœur eft-ce à moi de prétendre ?
Lorfque l'Amant n'eft plus , adore-t-on fa cendre ?
Ferme , ferme l'oreille à ma mourante voix :
J'expire . . . . Dieu te parle . . . . obéis à fes Loix.
Dans l'ombre de fon Temple enfevelis tes charmes ;
Offre à ce Dieu jaloux tes amoureufes larmes ;
Des plus funeftes feux éteins le fouvenir.
Je n'exige de toi que ton dernier foupir.

LE
TOMBEAU
DE
MADAME DE ***

Elle vécut ce que vivent les Roses.

QUELLE eſt, ſous l'épaiſſeur d'un lugubre
    feuillage,
Cette Tombe, où les fleurs s'uniſſent
    aux cyprès ?
Quels ſont de toutes parts, ces ſanglots, ces regrets,
Ce morne déſeſpoir, qu'en ſecret je partage ?
La pitié me conduit vers ce fatal ſéjour.
J'y vois, près du Tombeau, la plaintive Jeuneſſe :
Ses cheveux ſont épars, une ſombre triſteſſe
Voile ſes yeux mourans, qu'importune le jour ;
A ſes côtés gémit l'inconſolable Amour . . . .

Quel objet nouveau se présente ?
C'est la Reine des Arts, en longs habits de deuil.
Elle approche, soupire, & sa main languissante
Peut à peine graver ces mots sur le cercueil :
    » Arrêtez-vous dans ce lieu solitaire ;
      » A ce funèbre monument
    » Le malheureux redemande une mere,
» Les beaux Arts un appui, le monde un ornement...

Ah ! je te reconnois, trop aimable R o s i r e ;
Tous les cœurs t'ont nommée à ces augustes traits ;
Jouis de ces tributs, de ce nouvel empire :
Ton ame parmi nous survit à tes attraits.
     Ombre charmante que j'adore,
Puissent jusques à toi parvenir mes douleurs !
La même Muse, hélas ! qui chantoit ton aurore,
Veut, lorsque tu n'es plus, te célébrer encore :
Je t'offrois de l'encens, & je t'offre des pleurs.

O toi, de nos destins Souveraine sanglante,
    Inflexible Divinité,
  Toi, dont la faulx dans l'ombre étincelante,
  Frappe au hazard les talens, la beauté ;
Puissai-je, signalant le transport qui m'anime,
De tes avares mains arracher ta victime ?
Puissai-je... vains désirs ! D'effroyables Tombeaux,
Des antres inconnus te servent de retraite :
Tu triomphes enfin ; ta rage est satisfaite :
Les jours de nos regrets sont tes jours les plus beaux...}

Poursuis, livre aux humains une éternelle guerre
Mais choisis des objets dignes de tes fureurs ;
Et, s'il faut que toujours tu moissonnes la terre,
Ote-lui ses poisons, mais laisse-lui ses fleurs.